ÉPITRE

PATRIOTIQUE A TOUS

PAR

L'ERMITE DU PANTHÉON.

Le pays avant tout!...

PRIX : 50 centimes

Au profit des indigents du XIIe arrondissement.

PARIS

GARNIER FRÈRES,   VIDECOQ,

PALAIS NATIONAL.   RUE SOUFFLOT, 1.

6 décembre 1851.

ÉPITRE

PATRIOTIQUE A TOUS.

Le pays avant tout!...

6 décembre 1851.

Dissoudre une assemblée est un de ces grands crimes,
Que le *salut public* a rendus légitimes ;
Et quand celui qui l'ose, au péril de ses jours,

Dompte les factions qui s'agitaient toujours,
Conjure les horreurs d'une intestine guerre,
Il a bien mérité de la Patrie entière !

Les bienfaits nous feront oublier cette fois
Un acte audacieux mis au-dessus des lois.
Vouons donc à jamais de la reconnaissance
A qui de l'anarchie a préservé la France,
A qui, trompant l'espoir du vieux parti royal,
Offre aux républicains un concours tout loyal,
Comprenant, sous les rois quand s'entr'ouvre l'abîme,
Qu'alors la République est le meilleur régime :
C'est là le vrai terrain de la fraternité,
C'est là que pourra seul fleurir la liberté !

Honneur ! au Président courageux, énergique,
Qui promet d'affermir chez nous la République ;
Car il le sait, s'il doit en guider l'étendard :
Le Peuple veut un *Chef* et non point un César !

Soldats ! honneur à vous ! arrachant la Patrie
Aux plus affreux retours des temps de barbarie !...
Qu'il est beau le courage et beau le dévoûment,

Pour le salut de tous, qui fait donner son sang !
Qu'il est doux de redire au foyer de son père
Là, j'ai sauvé le fils ; là, j'ai sauvé la mère !
Cette torche arrachée, où j'ai blessé mes mains,
Elle allait mettre en feu l'asile des voisins !
J'ai combattu pour l'ordre ! et j'ai su du carnage
Préserver l'habitant des villes, du village ;
Et quand des furieux ont menacé mes jours,
Les terrassant d'abord, et, m'apaisant toujours,
Si la crainte, un regret faisait couler leurs larmes,
De leur sein, Dieu l'a vu, j'ai détourné mes armes ! ...

A vous ! prière et pleurs, insurgés ou soldats,
Ou vainqueurs ou vaincus, victimes des combats !...
Français ! que cette lutte, enfin, soit la dernière !
Frères ! ne faites plus couler le sang d'un frère !

En franc républicain, LOUIS-NAPOLÉON,
Plus de titre de *Prince*, il rabaisse ton nom !
Laisse à des orgueilleux ces noblesses banales,
Ces titres de valets d'antichambres royales ;
Fais compter ta grandeur par de grandes vertus,

Par un grand dévoûment, des services rendus ;
Et si l'on te remet les destins de la France,
Président ! à ta gloire attache la clémence !
Ce conseil généreux se blâmerait à tort :
La vengeance affaiblit, la clémence rend fort! (la Philopatride.)
Des cachots encombrés fais donc ouvrir les portes ;
La gratitude alors grossira nos cohortes !

Oh ! déjà l'Élysée a vu doubler sa cour !
L'homme du lendemain dans ses salons accourt ;
Il lui semble qu'il voit, prête à briller encore,
Du soleil d'Austerlitz une seconde aurore !

S'il couvre de bravos ton acte de vigueur,
Louis-Napoléon, c'est que tu fus vainqueur !
Les temps ont beau changer, les hommes sont les mêmes,
Tout pouvoir a pour eux l'attrait des diadèmes !
Malgré l'encens, eh bien ! résiste, Président,
— Commandant à l'orgueil, — à tout enivrement,
Quand par ses résultats, ton succès est immense,
Car il sauve l'Europe aussi bien que la France !
Résiste à tes amis, tes partisans fougueux,
Aux acclamations qu'on pousse aux jours heureux,

Résiste à tes journaux, aux flatteurs en délire,
S'ils te faisaient rêver un seul instant l'Empire !
Le trône, quel qu'il soit, avec l'*aigle* ou les *lis*,
S'écroulerait encore à la voix du pays !
Par sept fois renversé, nul ne peut, sans démence,
Croire que l'on pourrait le relever en France
Où chacun veut le sien, et quand le parti blanc
Le veut, *dût-il passer par un fleuve de sang !* (Historique)

Accomplis mieux ta tâche ; elle est grande, elle est belle,
Et le Peuple français reconnaîtra ton zèle.
Rends-nous au consulat ; rien de plus, rien de moins ;
La France n'eut jamais de si brillants destins !
Crois-le ! NAPOLÉON, malgré toute sa gloire,
En dédaignant le trône, eût grandi dans l'histoire !
Attribuer sa chute à la ligue des rois,
Est une grave erreur ! La France a maintes fois
Triomphé de l'Europe, et le pouvait encore
Sous le plus grand héros du drapeau tricolore,
Dont les lauriers nombreux faisaient courber le front,
Si, dans ses grands revers, à son dernier affront,
Le Peuple, au grand courage, aux élans admirables,
Avait armé soudain ses masses redoutables !
Le Peuple s'effaça, murmurant en tout lieu :

Laissons, laissons passer la justice de Dieu !

La cause de sa chute, eh bien ! il faut la dire !
C'est d'avoir renié, pour en fonder l'Empire,
L'État républicain, berceau de sa grandeur,
D'avoir cru le consul moins grand qu'un empereur ;
C'est d'avoir oublié, pour ceindre un diadème,
Pour ce hochet des cours qui n'est rien par lui-même,
Qu'il allait devenir le *dernier* Souverain,
Quand du monde il était le *premier* Citoyen ;
C'est d'avoir, étouffant tout cri patriotique,
D'avoir, en fils ingrat, brisé la République,
Quand elle était alors pure de tout excès,
Et forte et glorieuse et l'amour des Français ;
C'est d'avoir séparé la cause démocrate
Du Peuple, de la sienne, et d'avoir, Autocrate,
Détruit entre Français la *noble* égalité,
Et d'avoir trop restreint la sainte liberté !
Voilà, voilà la cause accusant sa mémoire ;
Voilà pourquoi d'Enghien a fait ombre à sa gloire ;
Et pourquoi l'Ibérie, au sol riche en héros,
Retira les guerriers qui suivaient nos drapeaux ;
Voilà pourquoi la gloire, en décimant nos frères,
Malgré tant de hauts faits, nous ravit nos frontières !

C'est ce passé fatal au géant des combats
Qui lui fit, sur un roc, subir un lent trépas !
On doit à ce passé sa chute et nos orages ;
Qu'il serve l'avenir, le sauve des naufrages !
Louis-Napoléon ! après un long exil,
On a de la prudence et l'on voit le péril !

Pour vous, Représentants ! — espérant sa récolte, —
Dans la rue et partout, qui prêchez la révolte,
A quel titre, en sabots comme en souliers vernis,
A l'abri des pavés, tirer sur le pays ?...
On vous a du forum fermé le sanctuaire !
On a forfait aux lois ! — Mais vous alliez le faire :
De quoi donc sur le fond, de quoi vous plaignez-vous ?
Il fallait moins parler, exalter vos courroux,
Montrer plus de vigueur, prouver plus d'énergie ;
Chez nous l'audace plaît, gagne la sympathie.

Mais voyons maintenant, voyons de bonne foi,
Quand *le salut public est la suprême loi,*
Qui pouvait l'invoquer avec plus d'espérance,
De vous ou du pouvoir, pour le bien de la France
Admettons tout d'abord que le Chef de l'État

Soit tombé dans vos fers .. Croyez-vous, sans combat,
Que vous posséderiez une telle capture,
Ne pouvant le flétrir d'un abus, d'un parjure,
Et quand son plus grand crime est , tout rationnel,
D'avoir redemandé le vote universel ?
Quel compte, à ce dilemme, à rendre par la chambre
P . ur avoir séquestré l'*Élu* du dix décembre,.
L'incontestable Élu du Peuple souverain,
Quand vous, Représentants, vous vous flattez en vain
D'être nommés par lui : Vous n'êtes, fils des brigues,
Qu'une liste imposée, un produit des intrigues !
Et le rescrit par vous limitant, par le fait,
La volonté du Peuple, est nul et sans effet : ·
Si le Peuple, de droit, est le pouvoir suprême,
Il ne peut être rien au-dessus de lui-même ;
A moins que librement il n'engage sa foi
Sur des bases alors qui pour lui sont LA LOI,
Qui sait à son respect tout enchaîner en France,
Car c'est le vœu de tous et de tous l'espérance !

Non ! votre coup d'État ne pouvait nous servir !. .
Sous VOS QUATRE DRAPEAUX, on aurait vu s'ouvrir,
Divisant la patrie, une implacable guerre,
Une guerre où l'enfant se bat contre le père ;

Où les torches en feu vont porter leurs brandons,
Des châteaux aux cités, des cités aux moissons ;
Où les morts, entassés sur les débris des villes,
Attestent les horreurs de nos guerres civiles !

Mais sur un des drapeaux, notre cœur a frémi,
Ne lit-on pas encor : *Des étrangers l'ami !*
N'est-ce pas pour le même, étant en République,
Qu'on voulait le retour à l'état monarchique ;
Est-ce toujours pour lui qu'en mauvais citoyens,
Le sang doive baigner tous les champs vendéens ?
Or ce trône, Messieurs, que vous vouliez nous rendre,
Quand vous le possédiez, il fallait le défendre,
Et pour le conserver, en réformant vos cours,
Il fallait avancer, non reculer toujours.
Enfin, sachez-le donc, vous qui, restés les mêmes,
Vieux amis des vieux rois, vantez les diadèmes :
Au-dessus du *Principe* et du *Droit* des partis,
Est le salut public, le salut du Pays !

Au-delà, de nos jours, au-delà, tout est crime ;
Au-delà, le massacre ! au-delà, c'est l'abîme !
Ce gouffre qui se ferme, épuisé de combats,
Sur le sol en lambeaux des plus vastes États ! ..

Royaliste Assemblée ! où rugit la Montagne,
De vos débats haineux la terrible compagne,
Quand vous ne vouliez point par un moyen légal
Arracher la Patrie à la terreur du mal,
Représentants ! mêlés à la démagogie,
Par vous, la loi suprême eût été l'anarchie :
Faux échos de la France, en jouant l'avenir,
Lorsque le flot grondait prêt à vous envahir,
On a fait contre vous ce que l'on devait faire :
Au repos de l'État immolez la colère !

Ah ! lorsque chaque jour on ne cessait de voir,
Sans merci, ni sans trève, attaquer le pouvoir,
On a dû pressentir que, pour tout en résoudre,
D'une part ou de l'autre éclaterait la foudre !
Chaque instant vint accroître, aggraver les conflits ;
Bientôt l'inquiétude, en gagnant les esprits,
Agitant les cités, ralentit les affaires ;
C'est en vain qu'on défait, refait les ministères ;
Le malaise est partout : plus de paix, de repos ;
Plus de crédit qui monte et plus de grands travaux ;
L'industrie et les arts, le commerce, tout souffre !
Et cinq mois l'on voulait rester sur un tel gouffre !

N'était-ce pas subir, en face du malheur,
Cinq mois d'anxiété , d'angoisses , de terreur !
Le mal , déjà si grand , qu'envenime la Chambre ,
Au pire arrive enfin ; la gangrène est au membre !

Notre pacte organique , aussi mauvais qu'il fût ,
Aurait pu , révisé , nous servir de salut ;
Mais , non ! ses éléments disparates , morbides ,
Trouvent dans le forum des prôneurs intrépides.
Le pouvoir est sans force , on cherche à l'affaiblir ;
Il veut les droits du Peuple , et l'on veut l'en punir.
Que restait-il à faire en cet état critique ,
Sinon que d'appliquer un remède héroïque !

Ah ! lorsque le pays pouvait être un moment,
Par un fatal destin , sans nul gouvernement,
Lorsqu'en *cinquante-deux* , à la sinistre date ,
Et parti royaliste et parti démocrate
Devaient avec fureur décider de leur sort
Par de sanglants combats , par des combats à mort ;
Quand tout se préparait dans la nuit et dans l'ombre ,
Et quand tout annonçait l'avenir le plus sombre ,
Il fut noble , il fut grand et d'un cœur courageux
De faire évanouir le SPECTRE *Romieux* ,

Déjouant les projets de tout ce qui complote ,
Et qui le nie , au cœur n'a rien de patriote !...
C'est parler, dira-t-on , comme un élyséen.
Gardez-vous de le croire ; on ne saurait en rien ,
Sans une insigne erreur, suspecter ce langage :
De décembre l'Élu n'eut point notre suffrage.
Il fut acquis alors au brave CAVAIGNAC ,
Qui préserva Paris du plus horrible sac. ;
Et nous pensions de plus que quand un roi s'évince ,
Il était périlleux de voter pour un prince.
Et , pourtant ! nous étions, soldat de Waterloo ,
A la Loire resté fidèle à son drapeau ;
Mais , Français dans le cœur, tout !... tout se sacrifie ,
Oui , tout ! — sans nuls regrets , — s'immole à la Patrie !

Ah ! quels échos , mon Dieu ! des cris de la douleur !
Qui nous menace encor ? — Des hommes sans honneur,
Sans partis et sans foi , dont le bagne fourmille ,
La terreur des châteaux , l'effroi de la famille !..
Eh bien ? plus que deux camps ! plus que deux étendards !
Celui des gens de bien et celui des pillards !

Quand le tocsin résonne , alarmant les villages ,

Quand s'élancent contre eux des hordes de sauvages,
Quand, ennemis jurés des pouvoirs d'ici-bas,
Les hommes du désordre osent armer leurs bras
Pour réveiller chez nous l'infâme JAQUERIE,
Royalistes ! servez *avant tout* la Patrie !
Faites-vous, avant tout, patriotes ardents :
De la France il faut être avant tout les enfants !

Oui, Descendants des Preux! oui ! vous courrez en armes
Où l'incendie éclate, où l'on verse des larmes ;
Vous sauverez du sac les hameaux, les cités,
Les femmes, les enfants, les vieillards alités ;
Vous verserez votre or en flots sur les misères ;
Oui, vous le ferez tous, car vous êtes nos frères !
La Patrie en saura garder le souvenir !
Et s'il fallait un jour, bien loin dans l'avenir,
Que le Peuple voulût laisser la République
Pour en reprendre encor la forme monarchique ;
Oh ! vous pourriez alors , mieux famés qu'autrefois,
Au Peuple souverain représenter pour Rois
Ou les Fils du Martyr, ou les fils d'Amélie ;
Et pour qu'avec l'un d'eux son intérêt s'allie,
Les mettant en balance, il verrait le côté
Qui pour lui promettrait le plus de liberté ,

Si la reconnaissance à son cœur ne vient dire,
Qu'il devrait préférer un retour à l'Empire.
Mais lorsque tout prescrit d'ajourner ces débats,
Qui rouvriraient sans but d'implacables combats ,
Aujourd'hui, qu'on ne veut ni d'un roi ni d'un maître,
Tout ce dont il s'agit : C'EST D'ÊTRE OU NE PAS ÊTRE !

Peuple ! que nous aimons, sans te flatter jamais ,
Toi ! l'ami des vertus, l'ennemi des forfaits,
Si différent en tout de l'homme de la rue
Qui, le roi du pavé, s'y révolte et s'y rue ;
Peuple ! tu l'as compris, tes destins ne sont pas
Où les émeutiers font un appel aux combats ;
Ils sont toujours aux lieux où , rempli de courage,
Tes bras intelligents vont chercher de l'ouvrage.
Ah ! déplore avec nous tous ces sanglants conflits
Qui troublent les travaux, alarment le Pays !
C'est du calme toujours que renaît l'abondance ;
C'est le repos, la paix qui rendent l'espérance !
Pour juger les partis, écoute ta raison ·
Hier, qu'attendais-tu ? — Franchement, rien de bon ;
Aujourd'hui tu reprends l'universel suffrage !
Tu feras désormais ce que tu croiras sage ;

On ne bornera plus ton suprême pouvoir,
Et ton généreux cœur comprendra son devoir !
Tu verras ce qui peut rassurer la Patrie,
Protéger le commerce et servir l'industrie ;
Ce qui peut te donner constamment du labeur,
Et sous ton toit paisible apporter le bonheur !
Peuple ! pour toi toujours la République veille,
Et tiendra les bienfaits qu'elle a promis la veille !

Président ! quand tu viens de lui rendre ses droits ,
Lorsqu'à *six millions* il t'a donné ses voix,
Que tu confonds partout de coupables menées,
Que ton courage sauve, enfin, nos destinées ;
On peut déjà prévoir que de nombreux Français
Vont par leurs bulletins payer tant de bienfaits.
Oui, l'on crîra bientôt d'un cœur patriotique :
Vive NAPOLÉON ! *vive* la RÉPUBLIQUE !
Après l'orage alors, Pilote ! avec éclat,
Vers le port fait voguer le vaisseau de l'État !
Pense à ce pauvre Peuple accablé de misère ;
C'est quand il est heureux que la France prospère :
De ses frères un seul, quand il est Souverain,
Ne saurait être encor torturé par la faim !

Ah ! voilà, Président, la béante blessure
Dont il faut, avant tout, qu'on te doive la cure !
Invoque le Génie illustrant ton grand nom :
Il n'est rien d'*impossible,* a dit Napoléon !
Laisse à ce fier guerrier les champs de la victoire,
Aux éclats de la foudre attacher sa mémoire ;
Mais toi, vis pour la paix, ce grand bienfait du ciel :
La paix comme la gloire a son temple immortel !
Prouve, pour notre bien usant de la puissance,
Que Dieu *veille sur nous et protége la* France !

L'ERMITE DU PANTHÉON,

Monarchiste avec la monarchie, et quand elle est devenue impossible, dévoué républicain avec la République pour le salut de la France : le Pays avant tout !

NOTA. — Pour laisser à cet opuscule toute la spontanéité de l'inspiration patriotique, l'auteur n'a pas cherché à en faire disparaître deux ou trois licences de rimes, qu'il croit d'ailleurs rachetées par la pensée. — (Ex. : page 6, le premier Citoyen.) Une épître n'est pas un poème.

En tout, ici, l'auteur reste dans l'indépendance la plus absolue des partis.

Paris. — Imprimerie Lacour et C°, rue Soufflot, 15.

Paris. — Imprimerie Lacour et C., rue Soufflot, 16.

www.ingramcontent.com/pod-product-compliance
Lightning Source LLC
LaVergne TN
LVHW021755030726
842523LV00003B/1033